DEMASIADO OSCURO

por

David Varela Mejias

DEMADIADO OSCURO

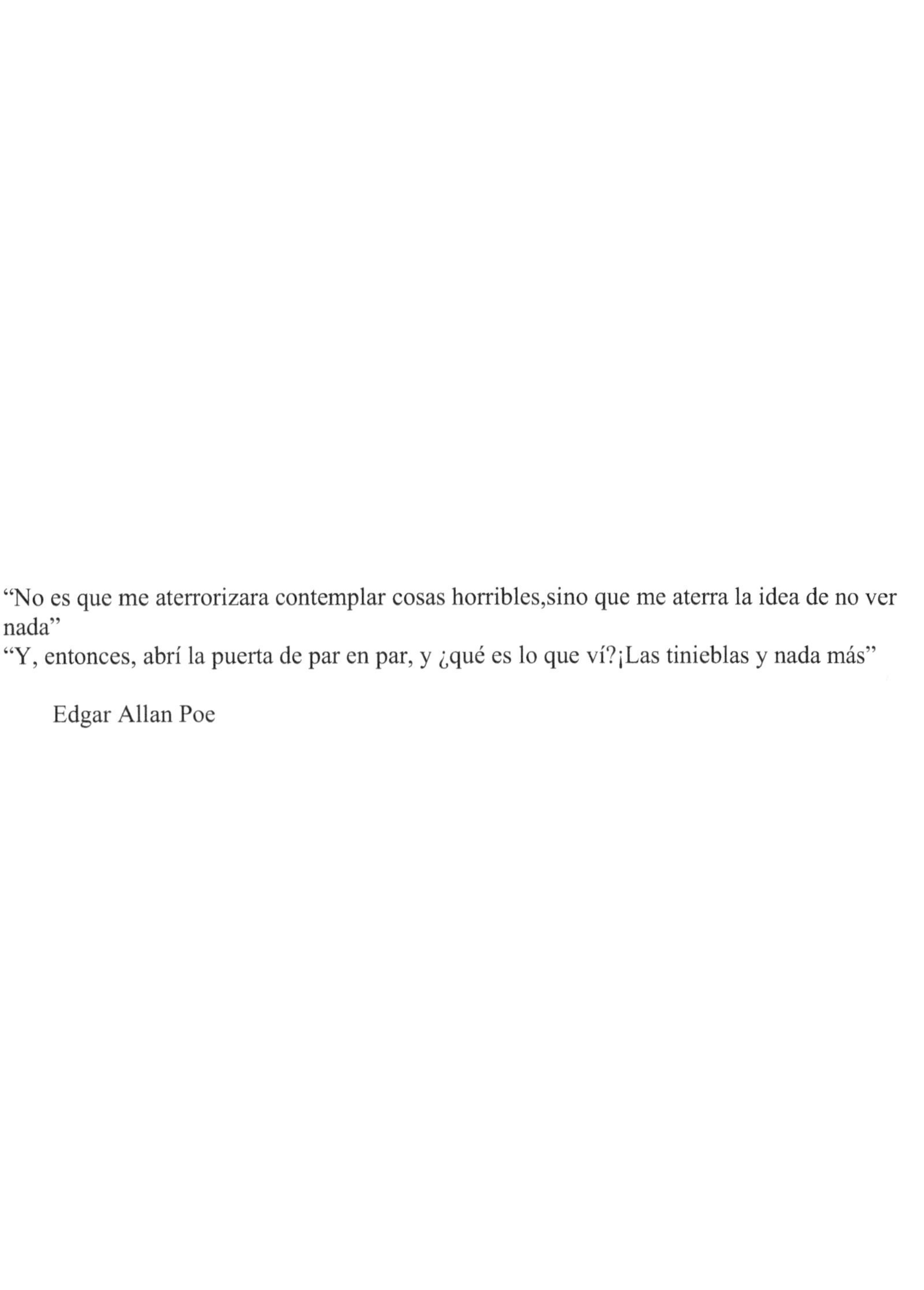

"No es que me aterrorizara contemplar cosas horribles,sino que me aterra la idea de no ver nada"

"Y, entonces, abrí la puerta de par en par, y ¿qué es lo que ví?¡Las tinieblas y nada más"

Edgar Allan Poe

GRITOS EN EL ALBA

Los limpiaparabrisas no daban a basto en limpiar la nieve que caía en copos irregulares y se pegaban al cristal formando una fina capa de hielo que los limpias no conseguían limpiar del todo. La nevada era muy abundante, sí, pero afortunadamente la carretera estaba bien limpia. Según decían por la radio, y uno podía comprobarlo conduciendo, no habría que poner cadenas en todo el puerto aquel, de momento era increíble pero los quitanieves conseguían mantener la climatología a raya.

Pese a todo ello Fernando no estaba de buen humor, era mediados de diciembre y llevaban diciendo que iba a haber un tiempo de mierda toda esa semana y, probablemente, toda la siguiente también, sin duda viajar, aunque la red viaria estuviera bien atendida, no era una buena idea, era una idea de mierda, de hecho. Pero claro, Ana quería pasar el mayor tiempo posible con sus padres, pero claro, Ana quería que los niños pasaran el mayor tiempo posible con sus abuelos maternos. El camino era el mismo en un sentido que en otro en el trayecto de Madrid, que era donde vivían ellos, a Vigo, que era donde vivían los padres de Ana, con la salvedad de que Arturo y Matilde no trabajaban ya, llevaban cerca de cinco años sin pasarse por la conservera de la que, ambos, habían sido mandos intermedios y disfrutaban de una muy plácida jubición. Fernando, sin embargo dejaría esa tarde a los niños y a su mujer en la casa de los suegros, dormiría y a la mañana siguiente camino de vulta pues sería domingo y el lunes a las ocho de la mañana había que estar al pie del cañón en la correduría. Pero claro Arturo en cuanto se pasaba más de dos horas al volante empezaba a sufrir de la ciática, en cuanto a Matilde no se hacía con la cama de invitados que tenían dispuesta ex profeso para ellos en casa de su hija y de Fernando.

Por otro lado a los niños aún no les habían dado las vacaciones y se iban a perder el festival de navidad de ese año por el cual el colegio había reservado algunas salas del Teatro Español y que, por ende, ellos iban a pagar ya que, aunque el colegio era religioso, no era ninguna organización caritativa. Pero claro los niños se pasaban todo el año sin ver a sus abuelos nada más que en julio y agosto y semana santa y el puente de mayo y había que aprovechar y quedarse hasta reyes ya que habían puesto a instalar no se qué nuevos cables de fibra óptica y la oficina de Ana estaría cerrada hasta entonces. En conclusión allí estaba Fernando con la calzada muy limpia para la que estaba cayendo pero sin ver un carajo ya que el sol se había ido una vez habían pasado Benavente y cogido la A-52.

Si mirabas hacia la derecha montañas negras recortadas contra el horizonte negro apenas distingible entre la ingente nevada. Si mirabas a la derecha directamente veías oscuridad y copos cayendo en lo que debía ser el final de la Carballeda y el principio de Sanabria y si mirabas al frente apenas veías la carretera y copos y más copos. Fernando se estaba estresando por lo que decidió hacer un alto en el camino, ese verano no habían viajado a Vigo y estuvieron con los abuelos recorriendo América por lo que llevaban, en realidad, sin ir a Vigo desde semana santa pero Fernando se conocía el camino de memoria, por lo que sabía perfectamente que en Puebla de Sanabria había una estación de servicio con unos pinchos la mar de apetecibles, allí pararían, sabía que en cuanto asomara por el lado izquierdo el castillo iluminado aquel la salida al area de servicio estaría próxima, además –pensó– vamos a tener la estación de servicio para nosotros solos, practicamente no va nadie por la carretera.

No tardaron en divisar el castillo iluminado con la montaña a la izquierda por lo que con un –vamos a parar un poco a esperar a ver si escampa- se desviaron para coger el ramal que les llevaría a la estación de servicio. Los típicos camiones andaban aparcados esperando a que el conductor se atreviera a volver a desafiar a la nieve, unas luces prometían resguardo y recogimiento dentro del bar y la nieve acumulada en ventisqueros por doquier en el aparcamiento era lo suficientemente escasa para que un coche se internara en él si bien no estaba tan limpio como el firme de la autovía de la que venían. Por lo demás oscuridad por todas partes y sin el más mínimo movimiento en las casas que se adivinaban a lo lejos. Es cuando se baja Fernando del coche y se está estirando después de tres horas de viaje cuando siente que algo va mal... algo está mal en ese lugar. En principio nada es muy diferente de lo que uno esperaría ver allí en esa situación, con una nevada que invita a que nadie coja el coche por nada del mundo, no hay nadie en el aparcamiento, no hay nadie entrando ni tampoco saliendo del restaurante, pero lógicamente eso es normal, nadie haría un viaje en esas condiciones, tampoco se ve movimiento alguno de coches, pero, le insistía una voz en su cabeza a Fernando, eso es normal dadas las condiciones atmosféricas. Pero era una voz mucho más profunda la que le decía que algo no iba bien, se sentía.... se sentía observado... como si desde el inicio del bosque del otro lado de la carretera, como si desde los póstigos cerrados y las ventanas oscuras de las dos o tres pequeñas naves que había en la carretera que se interna hacia el pueblo, como si desde las cabinas vacias de los dos camiones aparcados un poco más allá hubiera alguien observándoles, como si muchos ojos desde todas partes tuvieran puesta toda su atención en ellos... en su pequeño grupo familiar...

Antes de que Ana y los niños se bajasen Fernando se volvió al coche rápidamente, bruscamente, cerrando de un portazo, se buscó visiblemente alterado el llavero en los pantalones.

- Pero... ¿qué haces Fernando? ¿no íbamos a parar?
- Es que... –carraspeó Fernando- creo que es mejor continuar hasta pasar el Padornelo y la Canda, sí... es mejor pasar el puerto –convenciéndose un poco a sí mismo- antes de que el trabajo de los quitanieves haya sido para nada y se bloqueen las carreteras... con la que está cayendo...
- Hijo... no hay quien te entienda, pero si vas a seguir comportandote de manera errática porque tenemos que ir a ver a mis padres voy a empezar a arrepentirme de habertelo pedido.
- Papá ¿qué te pasa?
- Sí ¿qué te pasa papá? ¿porqué estás nervioso?
- No estoy nervioso... yo...
- Sí lo estás papá, has vuelto muy pálido
- Papá nervioso, papá nervioso, papá nervioso, papá nervi.
- ¡Callad, cojones!
- Hijo no hace falta que chilles a los niños, están cansad...
- ¡Aquí están! – más excitado de lo que pretendía mostrar introdujo las llaves en el contacto y pronto pondría nieve de por medio, y se calmaría, e intentaría tranquilizar a los niños y se reiría en su fuero interno por haberse asustado de lo solitario que estaba aquel lugar donde había parado tantas veces, y se reiría de haber sentido que hasta el sonido de los copos al caer le resultaba amenazante, que tonto se sentiría cuando arrancara y estuviera a kilómetros de aquel lugar.

Pero el coche no arrancó

- ¿Qué pasa ahora Fernando?
- ¿Qué pasa papá?

- ¿Se ha roto el coche papi?
- Callad niños ¿se ha gripado el motor Fernando?
- Vamos a quedarnos aquí a dormir ¿verdad papi?
- ¿es verdad eso papá? Yo quiero ir a Vigo con los abuelos.
- Que os calléis ¿por qué no arranca Fernando? ¿es cosa del motor? ¿o de la batería?
- Yo tengo frío
- Es verdad, yo también ¿vamos a ese restaurante a merendar papá?
- Yo quiero tarta de chocolate ¿tendrán tarta de chocolate papá?
- Que paréis ya con la cantinela... es verdad... vamos a la cafetería esa Fernando que yo también me estoy quedando fría con el coche parad...
- ¡No! Quiero decir... no, mejor quedaos en el coche mientras yo miro si el bar está abierto que parece que no hay nadie.
- Bueno hijo, no te pongas así, si no quieres que te acompañemos lo dices y ya está... ¡Jesús! ¡Cómo estamos!
- Sí será lo mejor

Sin darles tiempo a seguir con la conversación provó una vez mas pero ahora el motor no hacía ni amago de arrancar, ni una ligera tos, silencio total. Ante la mirada estupefacta de Ana y de los niños Fernando tuvo que hacer lo propio y bruscamente, tal como se había metido en el coche, volvió a salir. Fue cerrar la puerta del coche tras de si y, automáticamente sentir otra vez esa extraña sensación de ser vigilado. Frotándose una mano contra la otra y subiendo las solapas del chaquetón que llevaba gris marengo mas propio para el clima del Barrio Salamanca que para aquella ventisca, se dirigió contra el viento y contra sus ganas de volver al coche hacia la entrada de aquel restaurante donde había almorzado y merendado, incluso comido, tantas veces.

Una vez dentro la sensación que antes le había atenazado era... diferente, una vez atravesado el pequeño recibidor había entrado en el bar restaurante propiamente dicho. La decoración estancada en el tardofranquismo seguía como siempre, la increible mezcolanza de muestras de arte local, llaveros, postales, mapas de carretera y óleos con vistas del castillo que se veía desde la carretera y de un lago muy grande que debía ser el Lago de Sanabria. Las tapas estaban en el mostrador no muy abundantes pero tampoco demasiado escasas, no muy frescas pero, saltaba a la vista, perfectamente comestibles. Pero... ¿qué demonios pasaba allí? Todo parecía normal pero ¿porqué el calor que debería haberlo reconfortado unicamente le hacía querer salir de nuevo a la nieve? Todo parecía normal pero no había absolutamente nadie en aquella estancia, ni cerca de la máquina de tabaco que se veía perfectamente enchufada y lista para esparcir veneno, ni en las mesas destinadas para cumplir la función de comedor de restaurante ni, tampoco, cerca de la barra de madera clara, ni a un lado ni a otro, todos los taburetes, anclados al suelo, de escay bien mullido estaban desoladoramente vacíos. Fernando carraspeo y pregunto un duditativo pero estruendoso ¿hay álguien? Sus pasos resonaban en el silencio pesado del bar como profanando terreno sacro, cada taconazo enervaba aún más a Fernando que decidió un rudimentario plan, para tranquilizar a su alma racional que tenía que agotar las posibilidades de encontrar un camarero que les sirviese un café o un cliente que disculpara la ausencia del primero; seguiría recorriendo aquel extraño restaurante e iría a los servicios, vaciaría la vejiga y se daría media vuelta, sin correr, era muy importante nunca echar a correr, volvería por donde había venido y se metería de nuevo a la seguridad del coche, ya con su familia llamaría a una grua o al seguro... o a la policía... o al ejercito...

A cada poco que avanzaba necesitaba parar y mirar en derredor, parecía que por el rabillo del ojo algo se moviera, entre las pocas sombras del local que, había que decirlo, estaba muy bien iluminado. Primero algo pareció moverse detrás de la larguísima barra pero cuando se acercó a mirar pudo comprobar que lo único que le devolvía la mirada eran los ojos muertos de los boquerones rebozados del mostrador. Cuando ya se había tranquilizado y volvía hacia los servicios algo pareció moverse justo detrás de la maquina de tabaco, que por supuesto estaba completamente sola y nos informaba en su pequeño panel electrónico que ya eran las diecinueve treinta y dos

¡Mierda! ¡llevaban media hora larga en esa estación de servicio claustrofóbica. Ya decidido avanzó hasta la puerta del servicio de caballeros mientras hacía caso omiso de las sombras que revoloteaban de nuevo por el rabillo del ojo en la pared del fondo o a su espalda directamente.

Cuando puso la mano en la puerta saltaron todas las alarmas de su cabeza, pero de la parte antigua, de lo que nos conecta con los mas antiguos y oscuros saberes de la raza humana, desde el bulbo raquideo hondas cegadores inundaron su hipotálamo y, literalmente, tuvo que agarrarse del marco de la puerta para no salir corriendo de allí.Respirando profundamente abrió la puerta del servicio, sólo tenía que echar una meada y salir de allí, era sólo eso. Una vez dentro... una vez dentro la realidad le cayó como un líquido denso y negro que lo envuelve todo, entre las luces parpadeantes del aseo pudo distiinguir como el linóleo y el gran espejo de encima de los grifos de los lavabos estaba manchado por inumerables manchas furiosas de sangre que dibujaba lineas paralelas y perpendiculares de color rojo intenso entre gotas esparcidas por todas partes de todos los tamaños que quisieras. Un golpe y un ruido como de algo muy pesado correrse muy rapidamente quebró la monstruosa parálisis de Fernando que echó a correr sin mirar atrás.

En los pocos segundos que tardó en salir de aquel restaurante se convenció de que algo estaba allí dentro con él. Quizás incluso habían estado a pocos centímetros, observándole desde uno de esos cubículos con inodoro, calculando posibilidades, esperando el momento para echarse encima de Fernando. Por suerte no había visto nada y la vida real no era como los sueños y sus piernas respondieron y pudo salir en un momento de allí, ahora subiría al coche e intentaría arrancar de nuevo, no contestaría a ninguna pregunta ni diría nada, sólo sacaría el teléfono, arrancara el coche o no, y llamaría a la policía, pero antes de todo eso pondría los seguros de las puertas, de las cuatro, sí, eso era lo primero, sí, eso era lo más importante. Cerrar el coche a cal y canto y luego todo lo demás.

Pero tuvo que frenar en seco y caer de culo en la nieve, el coche no estaba cerrado a cal y canto, el coche no estaba cerrado en absoluto, con las luces interiores encendidas y las largas y las cortas también, con las cuatro puertas abiertas de par en par, el coche parecía un platillo volante y alumbraba espectrálmente la nieve a su alrededor pero estaba vacío, completamente vacío, no estaban ni Ana, ni las niñas... pero sí dentro los abrigos y los juguetes de ellas, incluso el peluche de bob esponja inseparable de la pequeña.

Trastabillando consiguió incorporarse y acercarse al coche, cierto calor emanaba de él y cuando llegó al umbral de la puerta del conductor pudo cerciorarse, ni siquiera su mujer había cogido el bolso, mientras el calor febril de la calefacción, le irradiaba el estomago, el pecho y la cara, los copos y el viento helado le golpeaban furiosamente la espalda y la parte posterior de las piernas. Su mujer y sus hijas habían salido en mangas de camisa a la ventisca sin mirar atrás, dejando hasta las puertas abiertas, a la noche helada e inquietante de aquel lugar.

Cuando, terriblemente angustiado, se disponía a darse la vuelta y salir en busca de su familia, algo tan frío como los copos de esa nieve tan espesa le toco el hombro y luego se lo agarró con una fuerza increible.

SERVIR Y PROTEGER

1

Me estaba quedando sin aire, no sabía muy bien si era producto de la hierba que me había fumado o de los güisquis que me había empujado pero me estaba dando un ... un algo.... y... se me iba la cabeza... me dí una hostia y le dí una hostia al tío que me la estaba comiendo en ese cubículo infecto que se atrevían a llamar glory hole. Glory hole... como si nadie pudiera encontrar la gloria en ese agujero que olía a semen reseco y a quien sabe qué más. El tío salió echando hostias pues debí haberle asestado un rodillazo en el estómago, pero fuerte y debió asustarse... al ponerme en pie efectivamente empezó el helicoptero... ahora que lo pienso lo que debí golpear fue el madero de contrachapado en el que habían practicado un agujero por el que había metido la polla... daba igual el tío que se la comía debía haberse asustado de todas maneras. Como decía me levanté o me incorporé y todo me daba vueltas, estaba realmente borracho o drogado y necesitaba que me diera el aire y salir de ese lugar deprimente y eso hice... estaba en la parte de atrás de Gran Vía , unos cubos de basura debajo de unos andamios aguantaban el empuje comercial de la calle mas importante de Madrid por un lado y del barrio hipster y su modernidad por el otro, esa sauna guey y un par de cochambrosos puticlubs con mobiliario de los setenta y sofás tapizados en escay eran los últimos reductos de lo que otrora fue la Calle del Desengaño o la Plaza de la Luna, un nido de putas y drogadictos y otros gatos noctámbulos que como tuvieras poco cuidado te arañaban, de aquello, por aquellos lares quedaban sólo estos tres o cuatro antros que aún no había arrasado la modernidad y el capitalismo, no eran entrañables como podrías creer si escucharas una canción de Sabina, no lo eran y pronto sólo serían un mal recuerdo nada más.

Cuando eché a andar sin rumbo pude despejar un poco la cabeza, necesitaba un poco de agua o, quizás mejor, un café, pero si entraba a algún sitio de los que aún había abiertos por aquella zona iba a terminar bebiendo otros güisqui y mi estomago, y mi cabeza, no podrían soportarlo, así que me encendí un cigarro, el humo me entró genial en los pulmones y la nicotina le sentó fenomenal a mi torrente sanguineo, una puta inyección del placer que no me había sabido dar aquel tipo de antes.

Como ya estaba más despejado y había empezado a refrescar de una forma como sólo refresca en Madrid cuando es de madrugada y la primavera está tocando a su fín, decidí sentarme en uno de esos bancos modernos que hay en Garn Vía cuando uno está ya llegando a Callao, arrugué la cajetilla roja y blanca que ya estaba vacía de malboros y la tiré hacia cualquier lado, inhalando hasta procurar no dejar ninguna partícula de monóxido de carbono escapase, eché la cabeza hacia atrás primero con los ojos cerrados y luego abriéndolos para ver ese resplandor rojizo que ensucia el negro de la noche y que no nos deja ver ninguna de las estrellas del firmamento, era una puta delicia urbana, de Madriz al cielo. Quería disfrutar de la noche madrileña postconfinamiento, postepidemia, era una delicia de noche, evocaba mirando las aceras holgadas por Carmena y salpicadas por la luz naranja de las farolas, las imágenes que todos veiamos por televisión de la Gran Vía desierta y todos acojonados por el Covid, aquel video que se hizo viral en el que un coche o un autobús la recorría hasta su confluencia con Alcalá y luego continuaba hasta la Cibeles para luego girar por el paseo del prado mientras una música nos partía el alma, eran tiempos cuando había que zumbarse el alcohol en casa porque todos los putos bares estaban cerrados ya que el bicho hacía estragos en Madrid, mataba más que la puta ETA y que el puto 11M juntos, mataba más que Franco y su Brigada Político Social, mataba a todos y, me cago en la puta, todos estaban superfelices cantando y haciendo performances en la terraza, aplaudiendo a las ocho y haciendo caceroladas contra el gobierno a las siete, eran los tiempos en los que se llevaban en camiones a los viejos porque las funerarias de Madrid no daban abasto, pero hasta hicieron una representación de la intro de "Aquí no hay quien viva" con coreografía y todo en un bloque de pisos en Murcia...

Como había hecho la sociedad, decidí borrar esos pensamientos de mi cabeza y me puse en marcha otra vez bajando hacia Plaza España, la calle en lo mas profundo de la noche , ya casi tocando la mañana, no dormía, algunos cohes pasaban en ambas direcciones y los últimos grupos de universitarios se batían en recogida para casa, definitivamente no era la calle muerta que recordaba de la pandemia. Había demasiada luz y me molestaba, debía de esperar lo menos una hora para ver salir el sol así que decidí ir a sumergirme en mas oscuridad y con un poco de suerte dar con una fuente en la que beber agua y empaparme la nuca para terminar de volver en mí, mañana tocaba libre y podía volver a dormir hasta que abrieran de nuevo los antros de mala muerte que me gusta rondar cuando no estoy de servicio pero no quería acostarme borracho, quería llegar a casa despejado y dormir habiendo meado todo el alcohol que había bebido esa noche y habiendo exhumado todo el THC que hubiera sido posible, así que me metí de cabeza en el Parque del Oeste, ni me acerqué al Templo de Debod ni al mirador que hay detrás, allí no había nada para mí, quería meterme en un lugar más oscuro, así que me metí más y más adentro de los caminos que recorren dicho parque y que, gracias a dios, estaba desierto.

Cuando jugué como suficiente oscuridad me senté en un banco y me quité los botines de chupame la punta y los calcetines para sentir la hierba bajo los pies, no había encontrado agua con la que refrescarme así que me empaparía con el rocío de la hierba y la sensación de frescor en los pies era brutal, casí orgásmica. Como un payaso levanté los brazos, cerré los ojos y amasé con los dedos y la planta del pie el cesped que tenía debajo de mí cerrando los ojos y dejandome mecer por el viento, una puta delicia...

- No mievas ni un puto dedo –una hoja de un cuchillo de sierra fría me arañaba repentinamente el cuello por encima de la nuez y una voz nerviosa susurraba a mi espalda- estiate quieto.
- Tranquilo colega, no te pongas nervioso, no hace falta que me sujetes, te voy a dar toda la pasta que tengo encima – iba en serio, le daría los treinta o cuarenta pavos que me sobraban cn tal de que se largase, si se me ponía a rebuscar por debajo de la chupa encontraría algo que nos pondría en problemas a los dos- pero sueltame.
- Estiate quieto gilipollas – el subnormal del moro me había puesto el cuchillo al cuello pero me había dejado los dos brazos libres y con su mano izquierda me tanteaba por debajo de la chupa.

Baja –pensé- baja, llevo la cartera en el culo- pero el imbecil no bajó, al contrarió cada vez se acercaba más a mi sobaco e iban a comenzar las complicaciones, el tío se veía que no era un profesional, pero por otro lado estaba mazo de nervioso, probablemente iba puesto, quien fue a hablar... ¡mierda! Estaba a punto de tocarla.... no lo pensé dos veces y con el codo izquierdo le asesté una hostia todo lo fuerte que pude en el plexo solar con la intención de apartarle y aturdirle, lo juro, nada mas, y me dí la vuelta para encañonarle, rapidamente, como decía, ya era dueño de mí otra vez , al dar la vuelta pude verle bien, el muy etúpido boqueaba como una carpa que has sacado del agua , no tardó ni dos segundos en caer para alante.

No tenía forma de saber si el cabrón del moro estaba bien así que me arrodillé con una mano en la espalda del hijo de puta y la otra apuntando con el hierro al suelo, de repente el atracador alargó la mano hacia la pipa, no se muy bien si para quitármela o sólo como un acto reflejo pues tenía la cara en el suelo pero en el forcejeo al retirar instintivamente la mano con la pistola aprete el gatillo... una mancha parda e informe salió desparramada justo al otro lado de la cabeza del moro que con un estremecimiento dejó de moverse, eran sus putos sesos.

Arrastrando el culo por el cesped me aparté del muerto, mientras perdía pie en la realidad ahora el que boqueaba era yo, un chorro de dopamina entro en mi sistema nervioso central haciendo que mis pupilas se dilatarn y mi respiración se volviera irregular y superficial.. Me incorporé primero en los codos y luego en la rodilla, cuando estaba completamente en pie ya había guardado la pistola otra vez. La oscuridad ya no me parecía tan oscura y junto con el silencio atronador que reinaba en esa parte del parque me sentía completamente expuesto, desde los pisos mas altos del Edificio España me habrían visto perfectamente...

Lo primero que tenía que hacer era registrar al finado, como era de esperar no llevaba nada que lo identificara, sólo cinco pavos en monedas y unos cincuenta en chocolate, en las manos me parecía ver restos de farla pero podrían ser perfectamente imaginaciones. En la parte izquierda de la cabeza había un agujero del tamaño de un puño y los pelos ensortijados de la cabeza, rabiosamente cortos podrían ser rubios o morenos pero indudablemente magrebíes...

El pavo se me había abalanzado por sorpresa con el cuchillo en plan yihadista y no tuve mas remedio que disparar... no funcionaría... mientras me robaba forcejeamos y la pipa se disparó... la puta verdad joder... tampoco... tenía que llamar ya y con una historia convincente, como me hicieran alguna prueba estaba jodido, daba positivo en casi cualquier cosa y ya me veía fuera del cuerpo... a no ser...

2

El cigarro de después del polvo dicen que es el mejor, yo lo dejaría en que el cigarro de después es el mejor, el de después de follar, el de después de comer, el de recien levantado, osea, el de después de dormir, el de después de matar...

Rezando a todos los dioses habidos y por haber me había ido corriendo a buscar el coche, con suerte nadie se metería tan profundo en el parque a esas horas de la madrugada y si alguien lo hacía yo lo notaría al volver. La idea me la había dado el hecho de pensar en que no llevaba ni una sola puta cosa que lo identificara, nada salvo sus huellas dactilares y su cara de moro de mierda, por lo que era poco probable que alguien le echara de menos a corto plazo, o si ese alguien le echara de menos fuera a ser atendido con atención en comisaría, algún compañero de piso también moro o por lo menos panchito, algún casero que reclamaba su dinero de alquiler de ese mes y que su inquilino llevaba sin aparecer demasiados días... Ese tipo de gente se mueve del piso en el que vive sin aviso de por medio y sin haber pagado mas de un mes y mas de dos, sin decir a donde va y donde se le va a poder localizar, ese tipo de gente no deja que sus círculos cercanos sepan de sus intenciones futuras, de sueños o esperanzas, ese tipo de gente desaparece constantemente pues realmente, para el común de los mortales del país en el que residen, directamente, no existen, son los moros que andan vendiendo chocolate y armando bronca en el parque, según a quien preguntes si desaparecen o: ni idea, no se donde andará o, mas habitual, mejor que no vuelva.

Este tipo de cosas cualquier madero con un poco de calle, y no madero también, sólo hace falta tener calle, lo sabe, así pues el amigo del cuchillo iba a desaparecer y tuve suerte, cuando aparecí con el coche por la parte de abajo del Parque del Oeste y subí a toda leche al lugar de los hechos aún nadie había descubierto el pastel, con una camiseta le vendé de mala manera la cabeza par que no se le viera desde lejos el agujero enorme que le atravesaba el cráneo y le llevé a rastrás pasándome un brazo por los hombros, como si fuera mi amigo borracho que ha pasado una, joder que sí, mala noche.

A orillas de la última plazoletilla que hay antes de terminar de llegar hasta la Bombilla, miré a un lado y a otro, no quedaban ni los travelos que se ponen a ganarse el jornal, pero me tenía que dar prisa porque eso indicaba que ya en minutos empezarían a deambular los del turno de la gente decente y a esos si que les gusta meterse donde no les llaman. Sin más rollos abrí el maletero y metí al pavo de un golpe dentro, por puta chiripa mi exmujer no se había quedado en el reparto de bienes con la furgoneta que por aquella época llamábamos monovolumen. Después de haberle puesto unas mantas viejas y todo el rollo de bolsas y un pack de coca colas de 2 litros que aún no había subido de la última compra arranque y a seguir improvisando con la misión en mente bien sencilla, usar lo mínimo posible carreteras que tuvieran radares que me pudieran sacar fotos indeseadas a las matrículas y encontrar un puto sitio donde encontraran lo más tarde posible el cadaver, sólo podí dejar el cabo suelto del charco de sangre del parque, pero como mañana era laborable, bueno hoy, dentro de un rato, y además iba a hacer mal tiempo era posible, aunque no muy muy probable, que el propio charco se secara sin pena ni gloria, sin cuerpo del delito como mucho levantaría sospechas.

Calle de la Rosaleda-Paseo del Rey, Paseo del Rey a La Cuesta de San Vicente, llegamos a la parte más delicada, ya hay un tráfico de cojones, giro desde la Cuesta de San Vicente y cojo el Paseo de la Virgen del Puerto, los currelas ya se han puesto en marcha y están llegando a Madrid todas las furgonetas de reparto del mundo, de tanto en tanto me cruzo con algún zeta mientras el Palacio Real me mira desde ahí arriba como si el cabrón supiera bien lo que he hecho y lo que me propongo hacer. Paso por el Puente de Segovia y procuro dejar en cuanto puedo el Paseo Extremadura, todavía es de noche pero por el tráfico veo que empieza la hora punta en menos de lo que canta un gallo, no puedo meterme en un atasco con un puto muerto en el maletero, por suerte voy en dirección contraria a todo cristo, y no tardo nada en llegar a los caminos, aunque asfaltados son caminos al fin y al cabo, de la Casa de Campo, termina lo jodido.

Tras dar unas cuantas vueltas entre los pinares de la Casa de Campo decido que es un sitio demasiado concurrido, aunque no lo descubrieran hoy, el sitio más apartado de la Casa de Campo iba a ser visitado en no mucho y necesitaba tiempo para distanciarme, tiempo y distancia física, distancia real, así que me meto por la carretera de Castilla, por la M-500 hasta Aravaca, es en Aravaca donde apuesto por la velocidad antes que por pasar desapercibido y cojo la A-6, aquí tiro millas, es la hora de dar un poco de gas, sin pasarse, en sentido Madrid la autovía ya va cargada de cojones y en breve se va a empezar a atascar pero yo, si bien no voy solo, voy bastante despejadito, El Plantío, las Rozas, Torrelodones, según voy dejando el Parque del Oeste más lejos voy sintiéndome mejor, Villalba y empiezan las montañans de verdad, antes de pasar el Alto del León y metrme en Castilla pero ya de día decido salirme y empezar a internarme más y más por los caminos de alta montaña que hay pasado Guadarrama. Paso por un antiguo cartel que indica por donde ir al Sanatorio Tablada, de no ser porque Iker Jimenez lo puso en el mapa y de tanto en tanto algún intento de medium o algún remedo de espiritista se mete ahí a grabar psicofonías, me habría deshecho del amigo marroquí tirándolo en los sótanos de ese sitio tan tétrico, pero eso también lo sabe la Guardia Civil, lo de la moda que empezó con los directos de Iker Jimenez digo, y de tanto en tanto ellos también se pasan, lo último que necesito es cruzarme con los picoletos en ese sitio con el cargamento que llevo encima.

Sigo internándome todo lo que puedo, cuando hay un camino que parece en peor estado de firme lo cojo, pero miro para arriba y ya está clareando, aunque parece un lugar muy apartado no puedo arriesgarme a terminar el trabajo de día, en un lugar donde el camino se ensancha un poco aparco y saco a mi amigo del maletero no sin antes haber mirado a un lado y a otro, está jodidamente oscuro pero ya se empiezan a ver las siluetas de las cosas, cojo a mi colega por los brazos y me meto con él bosque através, después de andar unos diez minutos en la oscuridad del bosque me parece ver en el suelo, justo antes de que se vuelva tan escarpado que ya no pueda seguir avanzando, una hondonada por lo que solo tendría que cavar un poco, el resto sería más bien mover tierra de sitio, así que, con una pala no muy grande, ahondo lo suficiente para cubrir el cuerpo y le añado mas tierra de alrededor, el trabajo está hecho.

El cigarrito en La Pausa me estaba sabiendo a gloria, me había costado un poco volver a orientarme una vez enterrado el moro, pero finalmente di con el camino y solo andando un rato más encontré el coche, no parecía que hubiera pasado por allí ni dios así que cuando me volví a incorporar, primero a la Nacional y luego ya propiamente a la A-6, mas abajo de Guadarrama, me sentía mucho mejor, continué de regreso a Madrid y miré el reloj sorprendido de verás, cuando lo había hecho por última vez eran cerca de las cuatro de la mañana y eso fue antes de llegar al Parque del Oeste, cuando miré el reloj de vuelta a Madrid llegando a Villalba eran las siete, si es que el tiempo vuela cuando te lo pasas bien. Me salí a tomar un café americano en un area de servicio y en el baño reparé que tenía la cara y los brazos llenos de arañazos, la camisa manchada de sangre y tierra, por suerte era oscura y no cantaba mucho y una cara de satisfacción que me acojonó bastante al verla.
Así que allí estaba yo fumándome el cigarrito de después que, como os decía, son los que mejor saben, después de aquello me iría a casa a dormirla, ya habían sido demasiadas emociones para una noche, pero de momento en ese area de descanso se estaba de coña, empezaba a chispear y a lo lejos las montañas de la sierra, pardas y picudas, rompían contra el gris plomizo de la mañana incipiente como guardándome un secreto.

<u>**BABA YAGÁ**</u>

Oscuro, aunque había lo menos ochenta mil personas, silencio, pero un silencio cargado, preñado de emoción, un foco desde lejos me alumbró directamente la cara, tenía los ojos y respiraba.

Es la mejor sensación del mundo, el mundo a tus pies, así es como debe ser, con un millón de personas ahí abajo pero sin poder verlas, había vuelto y toda la magia seguía funcionando. Había conseguido romperlo todo y allí abajo todo seguía funcionando. Según rasgan las primeras notas del punteo de la archiconocidísima balada que había catapultado a la fama al grupo que no hacía ni un año acaba de disolver entró la batería, a un tempo un pelín más lento, pero seguía siendo mi entrada para ponerme a cantar, el estadio estaba completamente a oscuras y desde el escenario observo como solo hay millones de pantallas de móviles sustituyendo a lo que antaño eran mecheros que simulaban velas en las baladas o por lo menos en las canciones lentas. La magia de la canción es la misma y me sigue envolviendo junto al público, para ser uno sólo, voy acercándome al estribillo y a la parte en la que me tengo que callar y lo hago, me acerco mas al borde del escenario, al público y sin darme cuenta me muevo hacia adelante y hacia atrás como mecido por el oleaje, miro sin ver, reto al público a que me emocionen ellos más a i que yo a ellos, eso es lo que quiero y ahora mismo creo que cualquier cosa que quiera la voy a conseguir, soy el rey del mundo...

Se calla un momento el grupo que tengo atrás para darme paso a mi, me toca sentarme al piano y cantar, no soy consciente de que estoy llorando hasta que se me mojan los dedos por culpa de las lágrimas, es la parte más emotiva de la canción y tengo que abandonar el piano, por un instante en la pantalla gigante que tenemos detrás me veo proyectado en versión colosal, mis pantalones de cuero negro son dos columnas de lo menos tres metros, la cámara me debía estar haciendo un plano de cuerpo entero, el chaleco, también de cuero me cubría casi toda la espalda y pude ver como la melena que llevaba teñida de caoba casi rojo me llegaba hasta media espalda que debía tener como siete metros cuadrados, no se adivinaba la bandana negra que había elegido para esta ocasión, tampoco que el chaleco estaba tachonado de plata y que debajo de él iba desnudo de cintura para arriba, daba igual, era un dios...

Como enlazamos la balada, haciendo un in crescendo, con una de las más heavies en cuanto la guitarra se puso en plan cañero no me lo pienso dos veces y corro, corro intentando tomar el impulso suficiente para salvar el foso que separaba el escenario de la masa informe que conforma el público que ahora había empezado a delirar conmigo, ojalá el salto fuera suficientemente alto y largo para no caer de morros entre los pipas y los machacas pues lo menos había dos metros de caida, pero claro que no me caigo, por supuesto que no, no os he dicho antes que soy un dios... el público me lleva hacia donde quieren y yo no hago nada por indicarles donde he de ir, estoy tendido cuan largo soy y me pasan de mano en mano, por las increibles superposiciones de los planos de la existencia me llevan otra vez hacía el escenario y cuando me toca cantar, en realidad aullar pues cuando la guitarra termina el solo yo empiezo un chillido que termina convirtiéndose en melodía, ya estoy subiendo de nuevo al escenario ¡Dios mío! ¡Soy un dios!

-   ¡y una mierda Miki!
- Claro que sí Enrique, claro que sí, no desprecies esa oportunidad. Sólo tienes que decir que sí, mira acabas de empezar en solitario y aunque el disco está funcionando y parece que van bien los conciertos no tenemos ni puta idea de qué pasará y seguro que "ellos" tampoco van a desperdiciar una cifra así de cuantiosa.
- Recapitulando me pides que me comprometa a firmar con la compañía otros cuatro discos pero tiene que ser con "ellos", mi proyecto no importa una puta mierda.
- No es eso Enrique, claro que importa, pero ellos no están interesados en el arte por el arte, y ya sabes que ante todo son gente negocios, y con "ellos" el exito está

asegurado, siempre que habéis sacado un álbum nuevo ha sido numero uno aquí y en América.
- Vamos a ver Miki, es muy fácil decir "ellos" pero no sabes como terminaron las cosas con "ellos" "ellos" llevaban más de un año sin hablarme antes de que rompieramos el grupo y "ellos"terminaron dejandome un ojo a la funerala.
- Bueno a lo mejor es que le partieras el labio a Juan tiene algo que ver, quizás.
- Pues por eso Miki, como pretendes que volvamos a reunirnos, ahora estoy centrado en mi carrera en solitario y Dark Cat no existe más.
- Bueno Enrique solo dime que lo pensarás, que esta noche lo piensas y mañana antes de irte a Varsovia por la tarde, por la mañana te reunes conmigo para habl...
- Lo siento Miki.. no te oigo... me he metido al ascensor y no tengo cobertura.

Y lo jodido es que es verdad, estoy destruido y no voy a subir los tropecientosmil escalones que tiene el Edificio España, sólo para poder hablar con Miguel, que es buen amigo pero como Road Manager es un chupóptero más que no iba a entender nada. El estrecho ataud llega hasta la planta hexagonal donde está la puerta de mi piso de Madrid, la moqueta me sigue pareciendo de los años setenta por mucho que digan que han actualizado los colores, entro y me pongo la cadena de música, será retro pero me encanta el sonido que tiene, escuchando Buena Vista Social Club me quedo dormido, entre los ritmos sedantes de la banda cubana me transporto a otro lugar, a hace mucho tiempo, mientras viajo en duermevela me ha parecido escuchar un golpe seco muy fuerte pero muy lejano, como alguien cayendo o, a lo mejor un disparo, sin haberme quitado el chandal ni las deportivas que me puse tras el concierto, en el backstage, me quedo completamente dormido.

2

Aunque Miguel lo sigue tratando como un capricho y a mi me sigue pareciendo que es la mejor forma de picar piedra es una auténtica gozada, el concierto era radicalmente diferente que el que había dado en Madrid antes de ayer, en Madrid, en La Peineta habían sido cerca de ochenta mil personas, aquí, en la Stare Miasto de Varsovia, en el Rejs, no habían entrado más de trescientas, era casi como tocar para los amigos y eso también tenía su encanto, aquí no eras dios, bueno... no tanto, pero era como si le contaras a los allí presentes tus secretos más íntimos, era como desnudarse y era deliciosamente obsceno. Lo que mas me gustó de aquello fue conocer a Jacek, el tipo que había resultado ser el contacto de Miguel, había sido nuestro chofer y nuestro portavoz para con los dueños del local donde tocamos, el tipo también había conseguido un par de chicas para el grupo y un buen restaurante donde hartarnos a una delicia polaca denominada Pierogi, empanadillas de los mas inusitados sabores que te dejan satisfecho de una forma muy eslava. También Jacek resultó ser un buen compañero de cervezas, muy buenas por aquellos lares, y de conversación.

- Entonces cual es la respuesta ¿sí o no?
- Pero Jacek, son las putas diez de la noche, como se supone que voy a irme de copas a estas horas.
- Olvidaba que los españoles sois... como se dice... ¿sowa? ¿buhos?
- ¿A qué hora empezáis aquí la marcha?

- Depende pero se podría decir que las cervezas y los vinos se comienzan a berber sobre las siete de la tarde, a las diez es el momento ideal para ir a los clubes o a las discotecas.
- Joder, con razón ayer estaba la calle vacía cuando termino el concierto, parecían las putas cuatro de la mañana.
- Yo cuando estuve trabajando en Torrevieja en los bares y discotecas de allí hice una teoría, nuestras siete de la tarde son vuestras diez de la noche, nuestras diez de la noche son vuestra media noche y nuestras tres o cuatro de la madrugada son vuestras seis o siete de la mañana, hablando de fiesta, se entiende.
- Si tú lo dices... osea que me quieres decir que me puedes llevar al puto mejor bar de vodka de varsovia, que allí bebía Andrzej Wajda.
- Exacto amigo, además con unas mujeres...
- Que hay pivones o que Wajda bebía con pivones en ese bar ¿qué quieres decir?
- Ja, ja, ja, creo que las dos cosas.
- Está bien pero te recuerdo que mañana a las diez tenemos que estar en el aeropuerto, que pasado toco en Berlín y como pierda el avión Miki me mata.
- No te preocupes Enrique, soy polaco, si hoy me bebo una botella de vodka antes de media noche, mañana a las seis de la mañana estoy listo para conducir hasta Sczeczin y volver sin parar a mear.
- De acuerdo, amigo, pero a la próxima invito yo –al levantarme y darle un golpe en la espalda a mi nuevo amigo polaco noté que aquellas tres primeras cervezas, de medio litro cada una eso sí, ya me estaban haciendo algo de efecto- vamos a bebernos Varsovia.

Y sí que nos bebimos Varsovia, en aquel antro, estaba la flor y nata de los hipster de Varsovia, un tipo iba vestido de tirolés sin sonrojo alguno, otro paarecía un existencialista francés, vestido completamente de negro y más delgado que su propia sombra, por lo que mis cueros y mis cadenas, mi bandana y mis tachuelas, pasaban, aunque no del todo, bastante desapercibidas. La atmósfera del lugar era harto interesante, parecía que estuviéramos en un local de entreguerras, en cualquier momento, a causa de la decoración art decó, a causa de la música, a causa del personal que allí bebía, incluso a causa de las bebida que allí servían, me parecía que fuera a aparecer Marlene Dietrich y se pusiera a rondarme o que en una apartada mesa estuviera Kafka, callado y escribiendo de cucarachas en la penumbra. El sitio era auténtico y me encantaba y estaba en esa clase de estado alucinatorio que te permite creer que por fin entiendes la realidad y que siempre antes habías estado ciego, es el punto de vista psicodélico que puede potenciar mucho tu creatividad si sabes captarlo al vuelo y sabes hacer uso de él, antes, cuando estaba en el grupo, o mierda, está bien vamos a hablar claro, di el puto nombre de tu ex grupo, cuando estaba en Dark Cat... antes de romperse Dark Cat, siempre que me encontraba en ese estado estaba con los chicos así que siempre terminábamos componiendo, así salieron himnos que nos hicieron jodidamente ricos y jodidamente famosos. Como decía, cuando estás en ese estado tienes que saber actuar, porque también puede volverse peligroso, ideas que en otro estado de consciencia te parecerían extrañas o imprudentes, estando así se vuelven estimulantes, originales o ilusionantes, así que puedes componer una jodida buena canción o puedes meterte en problemas.

- Enrique, conozco a los dueños del bar y como decías que buscabas una experiencia, algo auténtico ¿te parece que vayamos con ellos a una sala sólo para... digamos... clientes vip?
- ¿Auténtico? – normalemente cuando estoy de gira me acompaña Pito, él aparte de estar mazado y medir dos por dos metros, es la voz de la razón, aún recuerdo estar en

un retrete de otro antro pero esta vez en el De Efe, cuando entraron unos tipos cualquiera, a mi no me decían nada, unos mexicanos más. Pito sin mediar palabra me agarró del hombro y casi sin dejarme subir la braqueta me sacó de allí, cuando le he prenguntado por aquello no me ha dicho nunca nada, pero sus ojos profundo y negros mirándome solemnemente cuando daban por la televisión que teniamos en el camerino al día siguiente que muy cerca de aquel antro había habido un tiroteo entre narcos me dijeron todo lo que necesitaba saber. Pero ahora Pito estaba enfadado también, porque me pensaba lo del contrato, por como había terminado lo del grupo... así que cuando le dije que me iba de cervezas con Jacek torció aún mas si cabe su gesto de malas pulgas y, como espantando una mosca, me dijo que me fuera donde cojones quisiera, que a él sólo le pagaban por vigilarme durante los conciertos y entre aeropuertos y hoteles, que ya era mayorcito- ¿auténtico dices? Venga vamos.

- No te arrepentirás – Jacek me sonríe enigmático pero me guiña un ojo, levanta una mano y una rubia despanpanante aparece como por arte de magia, no se la había visto aparecer en todo el tiempo y, creeme, te darías cuenta. Nosotros nos levantamos y la seguimos hasta detrás de la barra donde un cuasi puber mide cuanto whisky vuelca en cada chupito intentando no desperdiciar ni una sola gota- imagino que ¿cómo se dice en Español? Habrás probado de todo... Bueno, aquí detrás, en mis días de universidad me daban algo que seguro nunca has probado se llama Oddech Smoka... una clase especial de dopalacze ¿narcótico falso? Mira que lo escuche veces cuando vivía en España pero no me puedo recordar.
- Vale colega, una droga – estaba ahora bastante intrigado, no por la mierda que me ofrecía, no creo que fuera nada muy diferente a lo que había probado ya, si no por el cariz subversivo y secreto que había tomado la situación. En mi fuero interno jugaba a espía ruso en el imperio austrohúngaro, mientras bajaba por una trampilla que había abierto la chica al meternos detrás de la barra la luz se hizo rojiza y una vaharada de humo ácido nos dio la bienvenida. La estancia no se adivinaba desde el piso de arriba y cuatro o cinco personas, muy drogadas, bailaban al compás de una música cadenciosa e hinótica, cuando agucé la vista, entre el humo rojo vi que todos los danzantes eran mujeres y todas estaban desnudas. No se percataron de nuestra presencia al pasar por su lado y cuando nos sentamos al otro lado de la estancia con la rubia preciosa y un par de tipos que parecían estar esperándonos, con pinta de farmacéuticos remilgados, cuarentones y, ciertamente, homosexuales, las chicas colgadas siguieron bailando como baila el mar cuando se mece en la marea y yo no podía separar mis ojos de todos esos gluteos perfectos, me senté con Jacek, la Rubia y los tipos esos pero me costó muchisimo dejar de mirar a las ninfas drogas que se sumergían y emergían en el humo rojo.
- ¿Están buenas? Sí, mis compatriotas son lo mejorcito que hay, bueno, mis compatriotas femeninas.
- Si... me encanta este sitio
- Bueno Enrique, te presento, él es Maciej y él es Marek, los dueños de este sitio tan bohemio.
- Tan fantástico querrás decir, encantado – tras ofrecer mi codo a modo de saludo acorde a la nueva normalidad recibí la interrogación como respuesta y se dirigieron a mi Cicerone en polaco, estaban un tanto nerviosos pero yo lo achaqué a que la situación era, como poco, surrealista- ¿qué dicen Jacek?
- Me dicen que están orgullosos de tener a un español tan importante en su local y que pidas lo que quieras, que todo lo que se pueda conseguir en Polonia ellos te lo pueden ofrecer – mientras Jacek traducía ellos sonreían un poco ansiosos, de repente noto que me alguien me baja la braqueta y me saca la polla fuera, cuando miro hacia abajo

ciertamente sorprendido veo que la rubia despanpanante trabaja con frenesí sin mediar palabra, lógicamente- lo que quieras –ahora Jacek también parece satisfecho y extendiendo las manos señalando a la chica que me somete a la feroz felación- la legendaria hospitalidad polaca.

- Bueno –tengo que carraspear, es compñlicado hablar coherentemente en esta situación- habías dicho algo de Smoka no se qué...
- Sí – Jacek se dirigió a Marek de nuevo en polaco y este alargó la mano hasta una estantería con botellas que había justo detrás de nuestro sofá, con otra mano, muy experta, preparo cuatro vasos de chupito y nos sirvió una medida de n liquido verde que en esa situación parecía detergente para fregar platos- Nazdrowie!
- Nazdrowie!
- Nazdrowie!
- Nazdrowie!

La chica acabó, bueno más bien yo acabé en la chica y, como ya sabéis, en el instante del paroxismo sexual, sufrí una pequeña enajenación, cuando más o menos recuperé el aliento, o la consciencia o lo que cojones sea, veo como de repente un tipo que no había visto antes, pero muy calvo, muy musculoso y vestido muy de negro, se acerca a Jacek y le da una bofetada que le tira al suelo, antes de poder reaccionar si quiera veo que se acerca a mi y levanta la mano, lo último que veo es a la diosa que me practicaba placer oral ensanchar las pupilas aterrada, por suerte, el tiempo se para, la tierra deja de girar y esquivo la hostia por milímetros, salgo corriendo hacia un pasillo oscuro que había a nuestras espaldas, los dos anfitriones delicados intentan hacer entrar en razón al mamut que acaba de aparecer en escena pero, como todo parecía pronosticar solo consiguen dolor y huesos rotos, por suerte la droga esa me está despejando la mente a la velocidad de la luz y puedo ver que necesito escapar y por donde hacerlo, ese pasillo termina en una puerta típica de almacen de bar, gracias a todos los dioses del cielo no está cerrada y puedo salir al exterior.

Cuando salgo del callejón con olor a orín y descomposición a una calle más principal veo, no todo lo lejos que hubiera querido, que otros tipos con las pintas exáctamente iguales que el matón que tumbó a Jacek están en la puerta del local donde acababa de pasar la velada más extraña de mi vida. Yo reparé en ellos y ellos repararon en mí, detrás acababa de salir al exterior el animal en cuestión y parecía venir a por mí. Otra vez me sonrío la diosa fortuna y tenía el coche en el que habiamos llegado justo en frente, cuando me estaba buscando las llaves y recordando que las tenía Jacek pues él era el conductor, el propio Jace apareció por detras del matón para tirármelas con un –allá va- cayeron al suelo y en un milisegundo, o eso me pareció a mí, el matón que ya le había pegado se abalanzó sobre Jacek otra vez que hacía lo que podía sin demasiado éxito. Cuando me disponía a acercarme para ayudarle con aquella mala bestia vi que sus amigos se acercaban corriendo hacia nosotros y , mierda, estaban sacando armas de fuego, sintiéndolo muchísimo por el bueno de Jacek busco en el suelo humedo las llaves del coche y gracias a mi percepción artificialmente estimulada consigo hacerme con ellas rápidamente, me meto en el coche y arranco.

Cuando acelero para salir de allí veo que los amigos del mamut también montan en su coche y se lanzan a perseguirme, tengo que acelerar y perderlos así que empiezo a callejear sin mucho sentido hasta meterme en una incorporación, luego en una autopista que me lleva a otra autopista, los cabrones me siguen persiguiendo y en cuanto puedo abandono esa autopista para meterme por lo que, a todas luces, ya no es Varsovia si no un pueblo, continuo corriendo sin sentido por una calle y otra y vuelvo a dar con una autopista, sea lo que fuera la droga aquella, se está disipando y ahora empiezo a estar borracho otra vez, empiezo a perder el miedo y creer que voy a poder perder a aquellos matones de los cojones, voy a intentar algo.

Sin previo aviso clavo los frenos y doy un volantazo que, como acertadamente había previsto, no esperaban y me pasan volando por los costados de mi coche, por los pelos no me han destrozado, ahora tenía que volar en dirección contraria por aquella autopista y rezar para poder salir de ella.

En menos de un minuto ya estaba en una carretera general que no tardé en abandonar por una más comarcal y después por otra menos importante aún mientras no dejaba de mirar el retrovisor y congratularme por no ver a mis perseguidores, cuando por fin pude parar el coche veo que estoy en medio de un bosque oscuro y que ya empieza a amanecer, veo que el paisaje a cambiado y parece que hay mas montañas o por lo menos es menos llano que el de Varsovia y alrededores. Entonces también descubro que no llevo ni la cartera, ni el móvil ni nada pues todo eso iba en mi chupa y mi chupa estaba en el ropero de aquel antro, no puedo llamar a la policía, de momento no puedo hacer nada por Jacek. Tmbién me doy cuenta que, bien por las emociones de la noche que se acababa, bien, más bien, por la mierda que me había metido en el cuerpo, estaba muy, muy cansado, de repente no me veía en condiciones de conducir, siento los brazos cada vez más pesados y una bola de plomo caliente que empezaba en mi nuca pero que cada vez ocupa más espacio en mi cabeza, dormiría un par de horas y ya cuando despertara...

3

Me duele bastante la cabeza y un olor fresco, como a madreselvas y helechos, como a exuberancia y calor atenuado, me reconforta y me hace acordarme de mis veranos en el pueblo de mi padre, huele muy parecido a como olía entonces, a bosques y a arroyos que explotamn en mil tonos de verde de mediados de julio, a un bosque que te espera con los brazos abiertos a que pases los mejores momentos estivales de tu infancia, a un bosque... Joder, antes de abrir los ojos todo lo acontecido la noche anterior me llega en un remolino turbulento y frenético a la cabeza, empezaba ciertamente con el humilde concierto varsoviano y terminaba con una persecución y yo quedandome sobado en lo más profundo de un bosque mientras amanecía.
¡Joder! Tenía que estar a las diez en el aeropuerto de Varsovia y cuando me fuí a dormir amanecía, como pronto serían las seis de la mañana al quedarme sopa, y teniamos que viajar a Alemania justo para un concierto esa misma noche, abro los ojos y lo primero que hago es entrar en pánico ¡no puede ser! ¡es de noche!
Vuelvo a cerrar los ojos, agarro el volante muy fuertemente con las manos crispadas e intento controlarme, empiezo a respirar profundamente y cada vez más lento, poco a poco consigo calmarme. Estaba en un buen lío e iba a tener que dar muchas explicaciones, empezando por la policía, pero lo primero de todo era controlarse, salir de allí e intentar volver a Varsovia.
Vuelvo a abrir los ojos y, efectivamente, es de noche, completamente de noche, no me lo puedo creer pero he pasado todo un día durmiendo en ese coche perdido en medio de la nada mientras unos criminales andan por ahí persiguiéndome, mientras el bueno de Jacek vete a saber en que estado estará, mientras todo un equipo de cincuenta personas se ha quedado tirado en Varsovia preguntándose donde estoy y por qué cojones no aparezco... intento volver a dominarme, poco a poco, paso a paso, solucionaría este maldito embrollo, lo primero era salir de allí, meto la tarjeta y aprieto el botón... no arranca.
Repito la acción lo menos media docena de veces, al meter la tarjeta del llavero, hace contacto y todo el coche se ilumina como una puta nave espacial, pero aprieto el botón y aquello no puto arranca, no funciona, se ha jodido el único modo de... Vuelvo a dominarme, saco la tarjeta una vez más y la introduzco de nuevo, el proceso se repite, pero esta vez, tras accionar

el botón, tras comprobar que no arranca no empiezo a delirar de terror y me fijo en todo el cuadro de mandos, lo único que pasa es que no tengo gasolina, por eso el vehículo lo único que hacía era ahogarse, resuelto el misterio ahora lo que tenía que hacer era bajarme y echar a andar hasta una gasolinera y comprar una garrafa o mejor aún, llamar por el móvil a Pito y mandarle mi localización para que me enviara un coche y me sacara de ese puto bosque... ¡Mierda! No tenía ni móvil con el que llamar ni dinero con el que pagar, todo estaba en mi chupa en el puto bar desde donde salí escopeteado ¡mierda!

Otra vez me tengo que tranquilizar y cuando lo consigo otra vez, más o menos, barajo mis opciones. Veamos, puedo salir e intentar dar con alguien que me deje usar su teléfono, tendré que usar putas señas o mi inglés de Moratalaz para comunicarme y rezar porque el tipo en cuestión quiera escucharme y quiera intentar entenderme. Otro problema será dar con alguien en la calle, es de noche y no se como es la vida social en los pueblos de la Polonia profunda, esa es otra, no se cuanto me he alejado de Varsovia, ayer iba asustadísimo, borracho y drogado, no tengo manera de recrear correctamente los acontecimientos para poder calcular tiempos y distancias...No, creo que esto es descartable, a lo mejor... a lo mejor podía intentar llamar a alguna casa como se hacía antaño e intentar explicar mi situación para que desde esa casa fuera desde donde llamara a la caballería... No, eso tenía todavía menos sentido, no creo que nadie abriera a alguien visiblemente extranjero, con mis pintas, a esas horas de la noche, en las cercanías de aquel lugar... ¡Ya lo tenía! Plan A y plan B, intentaría llegar andando a una gasolinera y allí si que estarían mas receptivos a la hora de dejarme un teléfono para llamar a alguien, no me sé el número de ningún miembro de la tropa que me lleva de gira pero si de la casa de los padres de Pito, llamaría allí, su madre estaría friendo unas empanadillas para su cena matrimonial y me darían el ansiado número, luego colgaría ante las impertérritas miradas de los gasolineros rubios con su pelo cortado al rape y llamaría a Pito y terminaría esta puta pesadilla... si, por casualidad la mala fortuna seguía cebándose conmigo, y no encontraba una gasolinera o nadie dispuesto a ayudarme dentro de ella, buscaría un pueblo y en susodicho pueblo una comisaría de policía, allí si que terminaría la peor parte de mi aventura polaca.

El tema era que por otra parte, antes de lanzarme a la aventura también podía buscar dinero dentro del coche, con un poco de suerte si que podría comprar la ansiada garrafa de gasolina para salir de allí por mis propios medios sin depender de la buena voluntad de un alma caritativa o sin recurrir, por lo menos no tan pronto, a la policía.

En cuanto me pongo a indagar un poco se me mejora el dolor de cabeza y el humor, parecía que la diosa fortuna por lo menos me regalaba media sonrisa, no tenía ni la menor idea de cuanto cosataba allí la gasolina pero si que recordaba lo que costaba una pinta de cerveza, 11 zlotys en el garito desgraciado de la noche anterior, así que no parecía que con los cuatro billetes de cincuenta zlotys que habñia al lado de la palanca de cambios me fuera a quedar corto para compra una garrafa de gasolina, aunque fuera de las pequeñas.

Con la pasta bien dobladita guardadita en mi bolsillo, por lo demás completamente vacío, de mis pantalones ajustados de cuero, salgo del coche y lo cierro con las llaves, miro en una dirección del camino, miro en la otra dirección y veo lo mismo, un bosque muy denso y muy oscuro, parece mas razonable volver andando por donde había debido venir con el coche la noche anterior, al fin y al cabo seguro que venía desde una carretera y desde una carretera tarde o temprano te cruzas con un pueblo o con una gasolinera así que me puse a andar en aquella dirección, en seguida el camino hacía una ligera curva pero muy prolongada y deje de ver el coche, pronto estaba solo con mis llaves, los doscientos zlotys, unas botas camperas de chupame la punta y mis pantalones de cuero ajustados con tachuelas en las costuras, en mitad de un bosque muy oscuro, muy silencioso y muy pero que muy, pero jodidamente muy, perdido.

Ya estaba empezando a perder los nervios otra vez cuando llego a un cruce y no se que hacer, un herrumbroso cartel me indica que a la izquierda uno puede llegar a algo que se llama Łisa Góra, mi mente racional me dice que si tiene nombre tiene que ser algo mínimamente importante, un pueblo o algo así, mi instinto me dice que debo ir a la derecha, que debo de haber venido por allí, pero mi instinto no funcionó o funcionó muy mal la noche anterior así que finalmente le mando a tomar por culo y hago caso a mi parte racional y echo a andar hacia donde indica el cartel.

Tras poco tiempo caminando en esta dirección el bosque de los lados del camino me empieza a parecer mas oscuro, antes cuando miraba hacia los árboles podía ver un poquito más que los primeros pinos que bordeaban el camino, no mucho más porque era completamente de noche y la luna no era llena pero algo sí, ahora no se veía absolutamente nada, en ocasiones daba la sensación de que incluso los primero árboles que flanqueaban el camino eran ocultados por una oscuridad que pretendía salirse del bosque para atraparte con sus zarcillos... empiezo a tener pensamientos extraños, continuo mirando hacia los lado y también me doy cuenta de que una niebla lechosa que solo cubre unos pocos centímetros por encima de los pies de los árboles y se desparrama en hilillos hacia el camino para disolverse en la nada aunque noe estaba próximo el amanecer, o eso esperaba yo, y, desde luego, hacía mucho que había anochecido, una noche dulce, que huele a dulce y que sabe a dulce... se me empieza a ir la cabeza a ratos y lo achaco a las drogas de ayer noche, porque por momentos estoy disfrutando del paseo nocturno olvidándome de lo jodido de mi situación y, también por momentos, estoy cagado de miedo como si algo me estuviera mirándome desde los árboles... algo con mandíbulas de hierro oxidado y una pata de gallina que quiere comerme...

Sacudo la cabeza y miro para arriba, pero ahora estoy mucho más confundido, una cacerola muy grande me sobrevuela a unos quince metros de altura yendo en mi misma dirección, va muy rápido y en seguida se pierde en la noche...

Me froto muy fuerte la cara y respiro muy hondo consiguiendo la tan ansiada lucidez, los árboles parecen alejarse y todo parece volver a asentarse en la realidad, debía de ser un dron y, más tranquilo porque eso significa presencia humana, descubro que estoy sediento, muy sediento y también hambriento, aspiro profundamente y huelo todos los familiares olores del bosque y, por detrás, al principio imperceptible pero más tarde cada vez más intensamente olores dulces, olores a caramelos, a algodon de azucar y manzanas asadas, a almendras garrapiñadas y canela, casi oigo los gritos divertidos de los niños al montar en el gusano loco o al perderse en el laberinto de espejos, casi puedo escuchar las música tontorronas de la feria y sus fanfarrias y sus soniquete....

Me vuelvo a intentar despejar y parece que lo consigo dejo de oler cosas que no tienen sentido, enfoco mi objetivo, buscar una gasolinera, pero veo una casa a un lado del camino, es una casa de madera, parece la típica casa de por aquí solo que por detrás parece que hay un granero que termina en una cueva o algo así, hay luz dentro y ahora si que huelo ciertamente a comida, no descabellada como antes, parece oler a carne guisada o a pollo, algo que me hace relamerme mis secos labios... antes de darme cuenta, como si de repente mis brazos actuaran con vida propia estoy llamando a la puerta, oscura y no muy alta, de aquella casa.

Me abre una anciana muy muy vieja, enjuta, me mira sonriente y con ojos maliciosos, también es muy bajita, habla conmigo pero yo no oigo nada aunque mi boca responde pero tampoco puedo oir mis palabras, para mi sorpresa la anciana se hace a un lado y yo paso a una casa en penumbra con un mobiliario básico que podía ser de cualquier tiempo y de ninguno, hay un hogar que se está apagando al fondo pero yo me siento en un butacón enfrentado a una mesa muy mal acabada y apartada en un rincón. La vieja se ríe y se acerca con un plato que humea, es una sopa que me como sin notar el sabor con una cuchara de madera y en apenas unos segundos. Estoy eructando cuando la vieja, que cojea ostensiblemente, me quita el plato vacío y me pone delante una especie de estofado de carne semi cruda o embadurnada en salsa

de tomate muy vivo... me enjugo los labios y me alarmo considerablemente pues veo que la
mano con la que me he limpiado la boca la tengo llena de sangre tibia, pero mi cuerpo sigue a
su puta bola y empiez a devorar la carne también, ahora sin cubierto ninguno, con las manos,
tampoco con mucha deluicadeza, cuando termino veo que hay un vaso gigantesco lleno de
agua , lo cojo y empiezo a beberlo, la vieja al percatarse se... desliza... y aparece muy
rápidamente a mi lado y me lo quita, me echa la bronca y parece crecer hasta ser más grande
que yo, hasta ocupar toda la estancia... veo las brasas del hogar llamear en su ojos... sus ojos
empiezan a crecer también... más grandes...me sumerjo en ellos y me ahogo mientras me
devora y me escupe... de pronto vuelvo a estar sentado y ya no está la vieja por ningún lado,
solo que las paredes... las paredes se hinchan y se deshinchan... parece que respiran... de ellas
salen manos... m,uchas manos que me alcanzan... que me tocan ... que me palpan y me
soban... son muchas manos... yo no reacciono , ahora la habitación de esa casa es gigante, no
veo donde empieza y noveo donde termina, solo estoy sentado y muchas manos que salen de
las paredes me tocan en la oscuridad que no me deja ver nada más, ahora ya me ha tragado y
ahora ya no veo ni la mesa que tengo a escasos centímetros de la cara....
Un rayo de sol se filtra en un visillo mal cerrado y la casa parece estremecerse, parece chillar,
yo parezco sentirme despertar, miro a la estancia y es una casa pequeña, de unos treinta
metros cuadrados con una mesa y una silla destartaladas como único mobiliario, miro a la
mesa y un par de platos herrumbrosos tienen sangre y carne cruda pero no me fijo, estoy
aterrado, pero no me da miedo la experiencia que acabo de vivir porque sea una alucinación
terrible o porque sea una experiencia paranormal oscura, no, solo me fijo en el rayo de sol,
que me da mucho miedo, me aterra que me toque.